Caperucita se come al lobo

Caperucita se come al lobo

PILAR QUINTANA

LITERATURA RANDOM HOUSE

Título: *Caperucita se come al lobo*
Primera edición en Literatura Random House: julio, 2020
Primera reimpresión: septiembre, 2020
Segunda reimpresión: octubre, 2020

Penguin Random House Grupo Editorial, S. A. S.
Carrera 7 No. 75-51 Piso 7, Bogotá – Colombia
PBX: (57-1) 743 0700

Impreso en Colombia-*Printed in Colombia*

ISBN 978-958-5581-32-6

Compuesto en caracteres Adobe Garamond Pro

Impreso en Carvajal Soluciones de Comunicación, S. A. S.

Penguin
Random House
Grupo Editorial

Contenido

Olor 9
El hueco 21
Violación. 33
Caperucita se come al lobo 39
Amiguísimos 51
Una segunda oportunidad. 65
El estigma de Yosef. 73
Hasta el infinito 83

Olor

Olía.

Mis amigas lo habrían mandado a ducharse, yo me le pegué. Era alto, mi cabeza no sobrepasaba su sobaco. Aspiré. El olor era agrio y penetrante.

La fila avanzaba con lentitud. Se sirvió yogurt encima del müesli, adicionó trozos de mango y papaya, y dudó ante las fresas. Estaban rojísimas, a punto de estropearse. Estiré el brazo por delante de él para coger una con la mano, no resistí la tentación y me la metí a la boca. Estaba tan blanda que bastó con la presión de mi lengua para que se aplastara. Estaba babosa. Absorbí la baba y absorbí todo el sabor.

El tipo no se percató de mi existencia ni se sirvió fresas. Siguió de largo, tomó una cuchara y fue a sentarse. Yo me senté, con mi plato de huevos revueltos, jamón, pan y pequeños contenedores plásticos de mantequilla, en la mesa más próxima, frente a él.

Abrió su libro y empezó a comer. Tomaba cucharadas medidas, dejaba pasar el tiempo entre una y otra, no se untaba, masticaba despacio, pasaba la página. Comía sin ansiedad, como un burgués. Tenía cara de ángel perdido. La piel muy blanca, el pelo muy negro, los ojos clarísimos, la barba dura sin afeitar y un suéter cuello de tortuga de intelectual. Cultivaba la dejadez en su punto justo, sin menoscabo de la dignidad. Lo que le daba mayor encanto era que no parecía hacerlo a propósito, la dejadez le venía natural.

Mis amigas habrían dicho que estaba bueno, pero solo porque el olor no llegaba hasta acá. Pensé que podía ser argentino o español.

Un mesero, ceremonioso y en traje de etiqueta, se acercó para ofrecerle café. Le dijo que no. Pensé que podía ser del tipo macrobiótico.

Lo seguí observando hasta que terminó de comer, antes que yo. Cerró el libro, miró alrededor. No reparó en mí, el comedor estaba lleno y apenas si había un par de mesas libres. Se levantó y caminó hacia los ascensores.

No era gordo ni flaco, no tenía barriga ni se le marcaban los huesos. Llevaba unos jeans desteñidos que hacían bulto adelante pero no atrás. Tenía el culo chupado. El libro se llamaba *El aficionado erótico*, lo que sonaba prometedor.

El ascensor se lo tragó.

Dos horas después me estaban empolvando la nariz en la tarima de medios de la FIL y por el rabillo del ojo percibí que alguien se sentaba en la butaca de al lado. En seguida me llegó el olor. Agrio y penetrante.

La productora nos presentó. Me besó una sola vez, conocía las costumbres locales, fue por el acento que supe que era español. Se llamaba Miguel Gutiérrez y acababa de ganarse un premio de ensayo. El tercer invitado, que ya estaba empolvado, se había ganado un premio de novela breve.

Yo escribía cuento y no me había ganado ningún premio. Miguel quiso saber por qué estaba ahí, le dije que mi mérito consistía en ser mujer. El presentador también es hombre, expliqué, tenían que nivelar el programa.

Miguel no se rio.

Me preocupó que pensara que lo había dicho en serio, que me tomara por una de esas escritoras que pelean por todo, y le mostré mi libro. Se llamaba *Nueve polvos y medio*. Tampoco se rio y en cambio lo examinó con actitud profesional. Le pregunté, con intención, si en España un polvo era *un polvo* y me dijo que sí con toda seriedad.

Miguel era un tipo soso.

Pero las potentes luces del set de televisión alborotaban su olor.

Terminaron de empolvarme y lo empolvaron a él. Nos ofrecieron vino. Todos declinaron. La única que aceptó fui yo. Le pregunté a Miguel si era macrobiótico. Me miró con extrañeza y dijo que no. Me preguntó por qué lo pensaba, me encogí de hombros, aclaró que si no había aceptado el vino era porque estaba en formol. No entendí. Explicó que la noche anterior había bebido de más y que si bebía ahora iba a volver a coger el pedo. Por el contexto entendí que *pedo* era lo mismo que borrachera. Le dije que justamente por eso debía tomar y me contó todo de nuevo, como si no le hubiera entendido la primera vez. En fin, la conversación no fluyó.

Y me fui acostumbrando a su olor hasta que no hubo forma de percibirlo más.

La entrevista empezó después de la segunda copa. Estaba achispada y estuve chistosísima. Miguel, mesurado en todas sus respuestas, debió pensar que yo era una subnormal. El presentador me azuzaba, yo mordía el anzuelo, el tercer invitado celebraba.

Para cuando la entrevista acabó, el efecto del vino se me había pasado.

La asistente de sonido le quitó el micrófono a Miguel, él se levantó y me llegó una ráfaga renovada de su olor. Fue como una cuchillada. Sentí vergüenza de mi actuación, sentí ganas de mostrarle que yo no era así en realidad. Vino hacia mí y se despidió con un beso. Sentí necesidad de su cuerpo, sentí ganas de retenerlo. Pero lo único que pude hacer fue quedarme ahí, impotente en mi butaca de set de televisión, mientras él se alejaba con su almizcle de jabalí y culo chupado por los pasillos atestados de la FIL.

La asistente de sonido, que se había acercado para desconectarme, también lo estaba mirando. Me dijo que olía, como si fuera una lástima, y yo asentí.

Ahora me sentía deprimida.

Me dediqué a vagar por la FIL. Había grupos de escolares en uniforme que chillaban sin motivo aparente. Había viejitas con ojos llorosos y bolsas plásticas arrugadas que oprimían contra sus cuerpos. Había familias con bebés y gente obesa que se movía con dificultad. Yo los esquivaba. Miraba los escaparates, pero no veía los libros. En el salón de los usados me encontré con Antonio y Ricardo.

Habían tenido la mañana libre y estaban aprovechando el tiempo para explorar la FIL. Esto me lo dijo Ricardo. Antonio estaba absorbido por un libro de tapa rosada que tenía en la mano, tuvimos que llamarlo con insistencia para que se espabilara.

Les conté de la entrevista, les dije que me sentía ridícula por la forma como me había portado. Ellos me abrazaron, me mostraron los libros que habían comprado. Así que me antojé y compré dos para mí, uno era *El aficionado erótico* y el otro de ciencia ficción.

Almorzamos tacos, enchiladas y flautas en un restaurante del exterior. Tomamos cerveza y tequila. Brindamos mirándonos a los ojos para que no nos cayera la maldición de siete años de mal sexo. Pagamos la cuenta dividida en tres. Y volvimos a la FIL porque ya era hora de nuestra charla en el salón de protocolo 2.

Ricardo estuvo espontáneo y Antonio, chistoso. Yo estuve mesurada, al mejor estilo de Miguel, y no me sentí deprimida al final. Cuando bajamos de la mesa, Antonio se me acercó y me dijo que se sentía ridículo. Lo abracé.

Conseguimos llegar a tiempo a una lectura de Rubem Fonseca. En vez de subir a la mesa de la tarima, se quedó abajo con el público. Leyó un cuento de sexo y otro de violencia. Se movía por el salón con el micrófono en la mano, histriónico, como una estrella pop. Tenía 82 y una novia de 24. Rubem Fonseca nos dejó extasiados.

En el camino de vuelta al hotel hablamos y hablamos de él. Era de noche e hicimos planes para comer. Quedamos de encontrarnos en la recepción media hora después.

Me bañé.

Miguel no se había bañado. Estaba en la recepción conversando con Antonio y lo primero que percibí fue su olor. Lo segundo, que mi corazón latía con rapidez.

Antonio lo había conocido en otra Feria Internacional del Libro. Me enteré de que además de ensayo Miguel escribía ciencia ficción. Nunca lo habría imaginado, lo miré todo otra vez, como si no lo hubiera visto nunca. Antonio lo invitó a comer y Miguel aceptó. En cuanto Ricardo llegó, salimos del hotel.

Antonio y Miguel se fueron adelante, conversando. Ricardo me dijo al oído, y con perversidad, que el tipo olía. Yo le confirmé que era así con una sonrisa involuntaria tatuada en la cara.

El restaurante tenía el récord Guinness al servicio más rápido. Nada más te sentabas te llenaban la mesa de platos. Comimos con hambre, todos menos Miguel, que persistió en sus modos de burgués. Pedimos cerveza y tequila. Nos emborrachamos rápido hablando de escritores y libros. Cuando Miguel hablaba, y lo hacía solo de vez en cuando, yo le dedicaba toda mi atención.

Al final él también me la dedicaba a mí.

Volvimos al hotel.

Todos nos montamos en el mismo ascensor. Hundí el botón del último piso y anuncié que iba a fumarme un cigarrillo en la terraza antes de dormir. Miguel dijo que él también quería fumar, lo dijo mirándome y se me volvieron a desarreglar los latidos del corazón. Los demás se fueron bajando hasta que solo quedamos él y yo.

Me senté en el muro de la terraza, él se estuvo de pie. Olía, estaba muy cerca, nos reíamos, me inundaba su olor, no sabíamos qué decir.

A lo lejos, entre las luces de la ciudad, se veían unas muy ostentosas, de neón. Me volví del todo para mirarlas o, más bien, para no tener que mirar a Miguel. Le pregunté si sabía qué había ahí. Me dijo que no. Le dije parece una discoteca, él dijo o un casino, y yo agregué o un templo de la oración fuerte al Espíritu Santo.

Me volví. Miguel ya no miraba las luces, me miraba a mí. Adelantó un paso y se metió entre mis piernas. Nos besamos en la boca con avidez, tuvimos que tirar los cigarrillos sin haberlos terminado.

Cuando nos separamos nos reímos. Me preguntó si tenía frío, le dije que un poco. Me preguntó si quería subir a su habitación, le dije que mejor fuéramos a la mía.

En el ascensor nos pusimos lo más alejados posible (cualquiera hubiera podido entrar).

La tarjeta que abría la puerta no me funcionó, Miguel la tomó y consiguió abrir.

Nos volvimos a besar. Él me quitó la camisa y yo le quité el suéter cuello de tortuga de intelectual. El olor inundó la habitación. Le busqué la verga con la mano. Estaba dura. Le desabroché los jeans y se la saqué.

Me senté en la cama. Miguel tenía una verga gorda y rosada. La acaricié con mi cara. Olía a leche cortada. Lamí, tenía un gusto salado. Lamí un poco más, me la metí a la boca y empecé a chupar.

Miguel iba a desabrocharme el brassier pero retrocedí y le dije que se acostara. Obedeció. Me tiré en la cama junto a él, lo ayudé a desembarazarse de los jeans y le quité los calzoncillos. Cuando estuvo completamente desnudo volví a chuparle la verga.

Al principio lo hice muy suavemente, luego con más y más voracidad. Miguel comenzó a gemir, dijo que me la quería meter, no le hice caso y se la seguí chupando. Me la comía hasta el fondo, se la apretaba con los labios, le mordisqueaba la punta, subía y bajaba, le tenía las pelotas bien agarradas.

Miguel me dijo que se iba a correr y yo, feliz, le dije córrete, Miguel.

Todavía se demoró unos segundos y lo hizo gritando. Sostuve el semen caliente en la boca y luego me lo tragué. Cuando Miguel relajó los músculos me arrastré hacia la cabecera de la cama. Todo estaba en calma y en silencio. Entonces me hundí en su sobaco y aspiré.

El hueco

Estuvimos tres años en el hueco. Así lo llamábamos aunque en realidad no era un hueco. Era una estructura de paredes altísimas de concreto, sin techo. Mariángela estaba en una celda y yo, en otra. Las celdas eran contiguas.

El único hueco era el que había en todo lo alto. Por ahí entraban el sol y la noche. Por ahí nos caían la lluvia y la comida. Nunca nos dieron un plato servido como a la gente. Nos tiraban el arroz lo mismo que la sopa. Había que hacer las necesidades en un rincón y había que esperar que la comida no cayera en ese rincón. Había que buscar los pedazos de comida esparcidos por toda la celda y, si era sopa, había que agacharse a lamer como los animales.

Mientras estuvimos en el hueco, Mariángela se negó a aceptar la realidad. Según ella, el hueco sí tenía techo. El intenso calor que sentía durante el día y el frío de la noche se debían a un sistema de calefacción y aire acondicionado. La lluvia era un sistema de aspersores para cultivos que colgaba del techo y los truenos, efectos de sonido reproducidos por un equipo de sonido.

Mariángela decía que Víctor había instalado todos esos sistemas con el propósito expreso de torturarnos suplementariamente. El encierro —y la pared que nos separaba, los daños físicos, las humillaciones— no eran suficientes para él. Mariángela decía que a Víctor le gustaba jugar a Dios.

En cuanto a la comida, se imaginaba que la lanzaba un aparato parecido al que dispara pelotas de tenis. Mariángela se había procurado una explicación para todo.

Para ella el hueco era hermético y estaba sumido en las tinieblas. Esa era la razón por la que no podía ver nada, no quería darse cuenta de que le habían arrancado los ojos. Yo no la desengañaba aunque a mí no me había ido mejor, a mí me habían arrancado los testículos.

La mente de Víctor era ilimitadamente perversa, y había que reconocer que en la misma medida era una mente brillante. Nos había castigado a cada uno justo donde estaba la raíz de nuestro pecado, con un acierto y con una sevicia que solo pueden compararse con las atrocidades divinas de las que hace alarde la Biblia.

En eso de que Víctor jugaba a Dios sí tenía razón Mariángela.

Víctor tenía una flotilla de aviones, una colección de coches antiguos y un equipo de carreras. Tenía tantas propiedades en tantas ciudades que ni él mismo sabía cuántas eran. Tenía una finca —la misma donde estaba el hueco— que era más grande que Suiza. En un arrebato de ostentación la había llamado País Víctor y, de hecho, ahí solo regían sus propias leyes.

País Víctor tenía un ejército de quinientos hombres para custodiarla y no producía nada. Era una finca de recreo que nada más consumía. Tenía 77 nacimientos de agua, 77 caballos árabes y 77 habitaciones para invitados.

A Víctor le gustaban esas coincidencias numéricas —siempre de tres en tres y siempre usando el número siete— y se jactaba de tener el poder de propiciarlas.

Las pesebreras estaban alfombradas, las cerraduras de las puertas eran de oro, lo mismo que los grifos de los baños, y la pista de aterrizaje tenía capacidad para grandes aviones comerciales, aunque no llegaba ninguno.

Víctor tenía fama de haber matado más de doscientas personas y hecho explotar siete bombas de alta potencia en siete centros comerciales de siete ciudades distintas. Así había doblegado al gobierno y conseguido sus favores.

Yo solo era uno de sus pilotos y no tenía nada. La única razón por la que Mariángela podía haberse fijado en mí era porque yo era guapo.

Víctor era bajito y rechoncho. La barriga le sobresalía por encima de los pantalones y a sus 39 parecía de cincuenta. Tenía la cara deformada por viejas marcas de acné y de vez en cuando le aparecían pústulas frescas que reventaban causando estropicio de pus y sangre.

Por eso hizo que a Mariángela le sacaran los ojos.

Mariángela era una muchacha de barrio. Una de tantas que Víctor compraba con joyas, con ropa o directamente con plata, una de esas que sacaba a pasear el fin de semana. Mariángela no era nadie. Pero tenía un culo precioso.

Por eso, a mí, Víctor me hizo cortar el suministro de testosterona.

Yo llevé a Mariángela a País Víctor. Nunca había montado en avión y estuvo muy preguntona. Cuando llegamos a la casona y vio los balcones, la piscina y la magnificencia de todo, soltó el maletín, que no había dejado que nadie le cargara, y dijo guau.

Víctor no estaba.

Nos sirvieron la cena en el comedor para veintidós personas, a ella en un extremo y a mí en el otro, y nos dejaron solos. Solos con la guacamaya de Víctor, que tenía las alas cortadas, y se movía de silla en silla. Mariángela estaba encantada de jugar a la gran dama. Afectaba los modales, se refería a la guacamaya como a su alteza real y le hacía una reverencia cada vez que alzaba la copa para tomar. Nos estuvimos riendo todo el tiempo.

En cuanto terminó el postre dejó caer la servilleta con descuido sobre la mesa. Había vuelto a ser ella misma y, del modo más natural, me preguntó si me parecía que ella era muy puta por acostarse con un tipo como Víctor. Le respondí que no era más puta que yo. Ahí fue cuando nos perdimos. Lo vi en sus ojos y ella lo vio en los míos. Dejamos de reírnos.

Vinieron a decirnos que Víctor no llegaría hasta el día siguiente y nos llevaron al segundo piso. Nos asignaron habitaciones contiguas con balcones que apenas se separaban con una baranda decorativa de madera. Estoy seguro de que Víctor me puso a Mariángela tan cerca a propósito.

Hasta ese momento solo me había dado trabajos anodinos como llevar a sus amantes ocasionales de un lugar a otro. Ahora, quizás, estaba pensando hacerme su piloto personal o darme una ruta, que era lo que yo ambicionaba. Víctor no confiaba en nadie y quería probarme.

Yo habría jurado que en mí sí podía confiar. Fui el primer sorprendido una vez se vio lo contrario.

Cuando salí al balcón a fumarme un cigarrillo, ella estaba ahí. De pie junto a la baranda que separaba los cuartos. Hablamos de las montañas que se veían al frente, por hablar de alguna cosa, por disimular el nerviosismo. En cuanto tiré el cigarrillo, nos miramos y nos besamos.

Cualquiera de los empleados de Víctor podía habernos visto. Se lo dije a Mariángela y ella se entró a su habitación sin decirme nada. No tuve un instante de vacilación. Salté la baranda y entré detrás de ella.

No nos dijimos nada. Todo lo hicimos con desesperación y abandono, y no creo que fuera solo por el peligro o porque fuera nuestra primera vez, sino porque en el fondo sabíamos que también era la última. Pero fuimos felices, nos mirábamos a los ojos, más bien nos comíamos con los ojos, y sonreíamos.

Yo me vine largamente, ella no lo consiguió.

Le dije que después de un polvo imperfecto siempre hacía falta una buena conversación de cama. Ella se rio y me contó de su hijo de cuatro años. Yo, de los miedos que había pasado en mi profesión. Mariángela se fue quedando dormida en mi pecho.

Antes de irme, contemplé su hermoso culo desnudo. Aún hoy, el recuerdo de ese culo desnudo me hace posible concebir el deseo.

Yo había dejado la luz de la mesa de noche encendida y ahora estaba apagada. Me moví con cautela. A pesar de la oscuridad lo vi. Estaba sentado en el sillón. Se veía tranquilo, y hasta me pareció ver que sonreía. Tal vez ya tenía concebido su plan. No hizo nada, no dijo nada. Se levantó y se fue.

Cuando abrió la puerta, entró un chorro de luz y pude ver que había dos hombres en las esquinas del cuarto. Estaban armados y me apuntaban. Oí que otros hombres entraban en la habitación de Mariángela.

Oí sus gritos aterrados, oí cómo la sacaban, oí cómo se resistía, oí que le suplicaba a Víctor que no la matara y al final, cuando su voz era un hilo en el extremo más alejado del pasillo, oí que gritaba mi nombre.

Quise ir por ella, pero los hombres me agarraron. Me tuvieron dos días encerrado en la habitación. Sin comida y sin agua. Sin saber qué había pasado con Mariángela. Luego me llevaron al primer piso, al comedor donde había cenado con ella y la guacamaya.

Había varios hombres y estaban Víctor y Mariángela. Nos miramos, estaba tan bonita como el primer día, le sonreí. Uno de los hombres me pegó en la cabeza con la cacha de su revólver. Mariángela soltó un grito.

Me desvistieron, me agarraron entre cuatro y me inmovilizaron sobre la mesa para veintidós personas. Entonces vi al hombre que se acercaba con el bisturí. Mariángela no paraba de llorar, Víctor le sujetaba la cara para asegurarse de que mirara. El hombre tomó mis testículos con la mano, como sopesándolos, los levantó y acercó el bisturí. Sentí el frío del acero y el calor de la sangre. Me desmayé.

Cuando volví en mí, seguía sobre la mesa del comedor. Me habían puesto una manta encima y sentía frío. Mariángela estaba acostada a mi lado. Dormía. Por un momento pensé que seguíamos en la cama, que acabábamos de hacer el amor. La voz de Víctor me sacó del ensueño. Sentí su aliento en mi oreja. A ella le vamos a sacar los ojos, me dijo.

El hombre del bisturí —debía ser un cirujano, Víctor siempre hacía las cosas bien— estaba al lado de Mariángela. Le pusieron un aparato que le abrió los párpados. Vi claramente sus ojos verdes, vi claramente cuando el bisturí entraba. Perdí la conciencia otra vez.

A ratos la recuperaba y siempre percibía a Mariángela junto a mí. Pero todas las imágenes son borrosas y de pesadilla. Creo que vi las cuencas de sus ojos vacías. Sus ojos en las manos de Víctor. La guacamaya montada en el hombro de Víctor. Los párpados cosidos.

Cuando me desperté del todo, ella no estaba a mi lado y estábamos en el hueco.

Violación

Con la señora a duras penas si conseguía una erección que le permitía penetrarla. Era ahí cuando empezaba el verdadero martirio porque nunca alcanzaba la excitación suficiente para venirse. Horas y horas de darle a ese cuerpo de carne abundante y floja que aullaba debajo de él. Si la oscuridad era absoluta y la tocaba lo menos posible, podía imaginarse que la señora era la niña. Entonces se venía al instante.

La niña sí le producía erecciones como debían ser. Le bastaba con verla salir de la ducha envuelta en su toallita blanca o paseándose por la sala con su piyama de pantalón corto y blusa de tiras.

Vivía con ellas desde que la niña tenía siete años. Ahora tenía trece y le decía papá. Los senos ya le estaban brotando. Pero la regla todavía no le había llegado. Si lo hubiera hecho, la señora se lo hubiera contado. Además las únicas toallas higiénicas que aparecían en la papelera del baño eran las que descartaba la señora cuando estaba en esos días. Se moría de ganas por saber si le habían salido vellos en el pubis, las axilas estaban limpias. Cada vez que la niña alzaba los brazos para alcanzar un objeto de la alacena, él se detenía a examinarla.

Esa mañana llamaron por teléfono a la señora para avisarle que un tío había muerto. No convenía llevar a la niña a una ceremonia tan triste y larga, y tampoco podían dejarla sola. Era una niña. Lo más prudente era que él se quedara a cuidarla.

Cuando llegó del colegio, la niña se encontró con que su mamá se había ido al velorio de un tío. Sintió que debía ponerse a llorar, apenas si había conocido al tío y no le salió ni una lágrima. Se comió la merienda que él le preparó. Hizo la tarea mientras él lavaba los platos. Llegó la noche y la hora del baño. Salió envuelta en su toallita blanca y él la siguió con la mirada. Encontró el piyama de pantalón corto y blusa de tiras sobre su cama. Se lo puso y volvió a la sala. Él sonrió y la invitó a ver televisión en la cama grande.

En cuanto la niña se durmió, él apagó el televisor y empezó a masturbarse. La niña estaba a su lado, boca abajo. Con la mano libre se puso a acariciarle la espalda. Después bajó a las nalgas y de ahí no le tomó mucho tiempo llegar a la entrepierna. La niña se movió y él aprovechó para darle la vuelta. Le quitó los pantaloncitos, la

A la mañana siguiente quitaron, entre los dos, las sabanas de la cama grande y las llevaron a la lavadora y todo siguió siendo como era antes. Lo único diferente ocurrió cuando la estaba despachando para el colegio. La niña se acercó para besarlo, nunca lo hacía, él se sintió algo cohibido y le puso el beso en la frente. La señora llegó cuando las sabanas ya estaban limpias. La conciencia de la muerte le había dado ganas de sexo. Él supo que ya no iba a cumplirle ni con una de sus erecciones blandas.

Caperucita se come al lobo

Eran más de las cinco cuando mi mamá me pidió que le llevara a la abuela unos pasteles que había preparado. ¿Que *vos* preparaste?, dije. Mi mamá era una feminista de línea dura, socióloga, de esas que se sienten agredidas con la sola mención de las palabras cocina y mujer en la misma frase. Tenía tanto talento para la repostería como yo, que estudiaba ingeniería de sistemas, sentido poético. Bueno, admitió, los compré en la pastelería, y me pasó la caja.

La tarde estaba encapotada así que me puse mi impermeable rojo de caperuza. Mi mamá me miró burlona. Cuidado con el lobo, Caperucita, me dijo cuando salía. Yo la miré rayado. A ver si captaba que el chiste no me hacía la menor gracia.

El lobo era el nuevo vecino de enfrente y le decíamos así por "lobo". Se ponía medias blancas y zapatos bicolores como los de jugar bolos. Se forraba el torso con camisetas de tela brillante y complicados motivos fluorescentes. Tenía un gimnasio en el garaje de la casa que dejaba abierto cuando se ejercitaba para que todo El Bosque, nuestro barrio, pudiera admirarle la frondosa musculatura.

Naturalmente mi mamá y yo asumimos que era narco. Nada de eso, nos dijo la abuela que, por su agitada vida social, se sabía la vida de todo el mundo. El lobo era el potentado de las salas de internet del norte de Cali: tenía más de 25 establecimientos entre Santa Mónica y La Flora. A la abuela, por supuesto, le pareció que el individuo era una curiosidad pintoresca que adornaría sus fiestas y, para mi horror, lo invitó a la siguiente que ofreció.

Desde el primer momento me puso los ojos encima. A cada rato me los encontraba, eran verdes, mirándome con una mezcla de cinismo y morbo. Entonces elaboraba una sonrisa retorcida y yo le volteaba la cara. Nunca intentó ponerme conversación ni me sacó a bailar. Por fortuna. La música lo arrebataba y alzaba los meñiques y animaba a su pareja zumbándole epa, mami, eeeso, así, así. Se dedicó a mirarme nada más, apostado contra las paredes, desde la pista de baile, en las esquinas, mientras botaba el humo de sus Kool Frozen Nights, mientras sorbía whiskey del vaso, mientras conversaba con alguien o frotaba a otra en un bolero lento.

Cuando vio que nos íbamos se abrió paso por la fiesta, como un tiburón, y le preguntó a mi mamá, a ella y no a mí, si quería que nos llevara en su carro. No, gracias, le dije yo y, sin más, agarré mi impermeable rojo de caperuza del perchero.

Mi mamá me alcanzó en la calle. Lloviznaba. Quiso saber qué me había hecho el tipo para tratarlo tan mal, parecía lista para uno de sus ataques de iracundia feminista. Pero yo estaba más iracunda. Me regué en una invectiva sobre lo lobo que era, la provocación de su mirada, la insistencia de su mirada, me explayé en el particular, le di ejemplos y todos los detalles explicativos y, como se me agotaron las injurias, volví a machacar sobre lo lobo que era.

Mi mamá soltó la carcajada.

Qué, le dije. Ella se había parado, las manos en la cadera, los ojos vivos con un punto de socarronería. Qué, insistí. No puedo creer que no te des cuenta, me dijo. De qué, me impacienté. Siempre didáctica, en vez de responder a mi pregunta, mi mamá elaboró otra. Explicame una cosa, empezó suspicaz, ¿por qué sabés que te estuvo mirando toda la noche? Ella misma se respondió, sin darme tiempo de explicar nada: Porque vos también lo estuviste mirando, lo miraste tanto que hasta sabés qué marca de cigarrillos fuma y cómo baila, ja, se bufó. El odio que le tenés no es sino una máscara para tapar lo que realmente sentís. Suspiró, me miró a los ojos y finalmente sentenció: A vos ese lobo te encanta. Ahora me bufé yo. Ay, mamá, por favor. Ella estaba caminando otra vez, la seguí dando zancadas. Yo no soy tan sucia.

Pero lo era.

Apenas salí de mi edificio con la caja de pasteles para la abuela oí el rugido a mis espaldas y se me aflojaron las rodillas. El lobo tenía un Dodge Dart del 82, largo y potente, ningún otro carro de El Bosque producía tanto estruendo. Ni tanto espanto, la cojinería era peluda y en el tablero tenía un perrito de adorno que movía la cabeza con el vaivén.

Desde la fiesta de la abuela me lo encontraba en todas partes. En el paradero del bus, en la panadería, cuando salía a caminar. O nuestros horarios habían empezado a coincidir misteriosamente o se la pasaba siguiéndome. Yo hacía todo lo posible por ignorarlo. Lo saludaba con sequedad y seguía mi camino.

El Dogde Dart me alcanzó y el lobo recostó el brazo en la ventanilla. ¿Qué se dice?, me saludó. ¿Cómo le va, Wilson?, dije lo más antipática que pude. Pero me descubrí mirando de reojo su brazo de macho cabrío. ¿Para dónde va tan solita? Los jeans le apretaban, hacían bulto. Para donde mi abuela, balbucí ya francamente embebida. La mano, cerrada sobre la palanca de cambios, era poderosa y nervuda. La barba, dura. La boca, gorda.

Y esos ojos verdes.

Él se había dado cuenta del celo en mi mirada y se reía. ¿La llevo?, me preguntó todo convencido. No, le dije y me desvié rápidamente por un callejón de El Bosque que, si bien haría más largo el recorrido, solo admitía peatones.

El lobo aceleró picado.

El Dogde Dart estaba parqueado en la esquina cuando llegué al edificio de la abuela. Pensé que el lobo estaría visitando a alguien que vivía en la misma cuadra. El portero me dejó subir sin anunciarme y timbré en el apartamento de la abuela. Está abierto, me dijo ella desde dentro con una voz más gutural que de costumbre.

Luego de la muerte de Celia Cruz a la abuela le dio delirio de Celia Cruz. Se ponía pelucas inverosímiles, vestidos de fantasía y gritaba azúcar con su ronquera de fumadora de toda la vida mientras bailaba guateque en tacones altos. Le hicieron exámenes de alzhéimer, arterioesclerosis cerebral y las demás variantes de la demencia senil. Dio negativo en todo. Así que no hubo forma de hacer que se moderara, las parrandas de la abuela eran salvajes.

Empujé la puerta, el apartamento estaba en penumbra. Percibí la silueta de la abuela sentada en la silla de mimbre que tenía forma de pavo real. Llevaba su levantadora chinesca y una peluca engargolada y fumaba con su larga pitillera en alto. No me extrañó encontrarla así.

Lo que sí me pareció inaudito fue que el cigarrillo despidiera un suave aroma mentolado, la abuela era adicta a los Pielroja sin filtro desde los dieciséis años. Le dije que mi mamá le había mandado unos pasteles y me hizo señas para que los pusiera sobre la mesa del comedor. Lo hice y me encaminé hacia la silla pavo real para escrutarla bien. Entonces noté las fluorescencias de la camiseta que llevaba debajo de la levantadora y los zapatos de jugar bolos.

Se me pusieron los pelos de punta.

Pero ni por un segundo pensé en retroceder. Pensé en seguir el juego. Y me di cuenta de que ya no iba a seguir luchando en contra de mis impulsos.

Abuelita, le dije muy lentamente, quitándole la pitillera, qué ojos tan grandes tienes. Se quedó mirándome fijo: Son para verte mejor. Cuando me incliné para apagar el cigarrillo me acerqué a su oreja y le recorrí los pliegues. Abuelita, susurré, qué orejas tan grandes tienes. La piel se le erizó: Son para oírte mejor. Me estiré como un gato y le ofrecí el cuello. Abuelita, qué nariz tan grande tienes. Se metió en él y aspiró: Es para olerte mejor. Y fui cerrando la distancia entre mis labios y sus labios, pero no le dije abuelita, qué boca tan grande tienes, porque la que se lo iba a comer era yo.

Lo besé.

Le metí la lengua como una serpiente.

La saqué.

Le desaté la levantadora y le bajé la cremallera de los jeans. Le cogí la verga y sentí en mis dedos el cosquilleo de un fluido que le subía. Eso me enloqueció, se le había puesto durísima. Él metió la mano por el impermeable. Me acarició las tetas y me pellizcó un pezón. Eso me enloqueció más. Me monté entre sus piernas, él buscó por debajo de mi falda y me corrió el calzón. Le apreté la verga, me la inserté. Solté un gemido y nos empezamos a mover. El polvo fue desesperado. Fue ávido. Fue duro. Fue delicioso. Nos vinimos juntos en una explosión como de juegos pirotécnicos. Y fue liberador: había cumplido una perversión.

Cuando acabamos no necesité mirarme al espejo para saber que tenía una sonrisa maliciosa de satisfacción puesta en la cara. En cambio, el lobo me estaba mirando enternecido.

La quiero, me dijo.

No tuve tiempo de contestar porque la puerta del apartamento se abrió de golpe. Alcanzamos a separarnos antes de que se prendiera la luz. Me alisé la falda, él se cerró la levantadora. En la puerta, con los ojos desorbitados, estaba el vecino de la abuela.

Era tan viejo y exótico como ella. Se ponía camisas de leñador y botas de caucho para andar por el apartamento, lleno de plantas, como un vivero. Le salían pelos por la nariz y se cogía los tres que le quedaban en la cabeza en una cola de caballo.

¿Dónde está?, gritó. ¿Quién?, dije yo. Su abuela, respondió. El lobo le dijo que se estaba bañando. El viejo, todavía sospechoso, quiso saber por qué tenía puestas la levantadora y la peluca de la abuela. El lobo inventó que estábamos jugando a las charadas. Con mímica y disfraces, añadió. El viejo pareció serenarse, explicó que había oído unos ruidos muy raros salir del apartamento, como si alguien se estuviera sofocando. Entonces miró al lobo y me miró a mí. Antes de que pudiera hacer el cómputo dije que me iba a ver cómo estaba la respiración de la abuela.

Acababa de salir de la ducha. Sin tacones, sin peluca ni maquillaje y envuelta en su toalla, la abuela se veía más vieja, pequeña y desamparada que nunca. Le di un beso, le dije que encontraría los pasteles que mi mamá le había mandado en el comedor. Ella me preguntó si me había divertido con la broma del lobo. Por toda respuesta, sonreí.

De vuelta en la sala, le dije al viejo que la abuela estaba respirando perfectamente. Miré al lobo y me despedí con un gesto. El lobo me siguió al corredor. ¿Hablamos mañana?, preguntó ansioso. Me le acerqué. Ya no me producía nada, ni siquiera una leve indisposición. Wilson, hombre, le dije poniéndole la mano en el hombro, lo que pasó estuvo muy bien, pero yo no quiero nada más con usted.

Amiguísimos

Juan Diego quedó sentado a su lado y a veces sus brazos se rozan. Tal vez la cosa sea un puro accidente, hay que tener en cuenta que Ocho está lleno de gente. Pero tal vez la cosa no sea tan accidental, y a Roxana se le eriza todo por fuera y por dentro.

—¿Qué te parece? —le dice él repentinamente y por lo bajo.

—¿Que me parece qué?

—Mi niña nueva.

La niña nueva de Juan Diego es la que está sentada a su otro lado. Una niña buena de su casa, eso se ve. Colita de caballo y carita de ardilla. Las pestañas se le enrollan y ella parpadea como mariposa.

—Es muy bonita —dice Roxana.

—¿Bonita y no más?

—Muy, muy bonita.

—Es médico.

—Médico, vea pues.

Roxana la mira como para evaluarla a la luz de la nueva información.

—¿Qué? —pregunta él.

—Eso te digo yo, ¿es que no te gusta del todo?

—Sí —asegura Juan Diego—, sí, sí.

—¿Entonces por qué la necesidad de preguntar?

Él siempre le está preguntando qué te parece mi niña nueva. No se crea que esta es la primera vez ni la primera niña nueva en su vida, y tampoco que el hombre favorece un patrón. Sus niñas nuevas vienen en formas y personalidades diversas, y le duran si acaso un mes, a veces mucho menos que eso, a veces una salida no más.

Roxana, por supuesto, siempre se las aprueba. ¿Sabés que me cae bien? Chévere la pelada. O es muy bonita, Juan Diego, aunque lo cierto sea que le parezca del todo simplona y tonta, sí, tonta por más médico que sea. Roxana no sabe por qué es tan estúpida y menos por qué este tipo siempre le tiene que andar preguntando qué te parece mi niña nueva.

Ahora lo mira escrutadora. Eso, Juan Diego, explicame por qué. Él se encoge de hombros y vuelve de lleno a su niña nueva, quizás para decirle aquí mi amiga Roxana piensa que sos muy, muy bonita. ¿O le hablará melosamente de tú?

***

Ocho queda en la azotea de un edificio de dos pisos y es un lounge bar de techo descubierto, sofás rojo vibrante y altísimos butacos de aluminio con sus mesas compañeras. De los parlantes surge una música ácida sin letras y del piso, luces de colores halógenos. El pelo de Roxana brilla con destellos lila. Está sobre una de las luces, grande como una claraboya. Los brazos moviéndose sinuosos, los ojos cerrados. Marisol, en cambio, los tiene bien abiertos.

—¿Nos vamos? —la codea.

Roxana abre los ojos y sale del trance.

—Mejor tomémonos un cucaracho. Vení, yo invito.

—No, loca, tengo que manejar. Si querés tomátelo vos, pero ya que me quiero ir.

—Yo me quedo.

Marisol le coge la cara y le muestra. Juan Diego y su niña nueva no se han movido de la mesa y están besándose.

—¿Nos vamos? —insiste.

—Timbrame cuando estés en tu casa para saber que llegaste bien.

—¿Y a vos quién te va a llevar? —Marisol saca las llaves de su cartera—. ¿Juan Diego y la perra esa camino del motel?

Roxana mira alrededor buscando inútilmente otros candidatos. Ocho se ha despoblado y no queda nadie conocido.

—¿Te vas a dejar humillar así? —agrega Marisol.

—Bobita —se ríe Roxana—, nadie me va a humillar. A mí no me importa.

* * *

El cucaracho es un tequila largo con licor de café al que el mesero tiene la gentileza de prenderle fuego. Roxana le introduce el pitillo, lo absorbe todo de golpe y la llama se apaga sin quemarla. A continuación baja corriendo las escaleras de Ocho: Juan Diego abrazó a su niña nueva y le dijo que la esperaba abajo.

Abajo hay desorden de carros y de borrachos. Roxana mira a la izquierda y a la derecha, y no ve a Juan Diego. Busca en las esquinas y en los otros locales de la cuadra. Por ninguna parte. ¿Será que están en el parqueadero? Roxana mira hacia el parqueadero. Está cerrado. ¿Será que la dejaron?

Se los imagina riendo, burlándose de ella. Juan Diego y su niña nueva haciendo maldades para romper el hielo y entrar en complicidades camino del motel. Está tan angustiada de verse sola, en plena calle y a esas horas de la madrugada, que no advierte la Mitsubishi que se cuadra en frente de ella hasta que la llaman por su nombre.

—Roxana.

Es Juan Diego, a Dios gracias. El pelo abundante, la nuez de Adán marcada, los dedos de pianista en el timón y su niña nueva al lado.

Roxana se monta en el asiento trasero y se acomoda justo detrás de él. Siempre se pone en ese puesto para poder mirarlo en el espejo retrovisor. Un par de ojos cafés que si ella está viendo es porque también la están viendo a ella.

La nueva niña de Juan Diego bate graciosamente las pestañas y Roxana le sonríe. Seguro a ella se le regó la pestañina y anda con tremendas ojeras negras. El cucaracho ya ha hecho su trabajo.

—Me dice Juan Diego que ustedes son amiguísimos.

—Amiguísimos —confirma Roxana.

Y no se habla más. La niña nueva gira la cabeza hacia el vidrio panorámico, la camioneta coge velocidad, Roxana abre la ventanilla para que el viento le pegue en la cara y Juan Diego sube por el puente y toma la Quinta. No la va a llevar a su casa. ¡Va a llevar primero a su niña nueva! Roxana se encuentra de frente con los ojos cafés en el retrovisor.

—¿Qué quieren oír?

Lo dice en plural pero se lo está preguntando a ella. A mí. Roxana está segura. *Losing my Religion*, vos sabés cómo me gusta. La que sí habla en voz alta es la niña nueva:

—¿Tenés Calamaro?

—No.

—¿Los Fabulosos?

—No —dice Juan Diego—, pero tengo *Losing my Religion.*

Y no más dicho empieza a sonar. Roxana le sonríe a los ojos cafés y los ojos cafés le sonríen desde el espejo. *Oh, life is bigger, it's bigger than you, and you are not me.* Roxana se deja caer a lo largo del asiento. *The lengths that I will go to, the distance in your eyes…*

—¿Se te alborotó el amor? —pregunta Juan Diego.

La niña nueva lo mira confundido.

—Sííí — pega un gritito Roxana, feliz y acostada en el asiento de atrás.

That's me in the corner, that's me in the spotlight, I'm losing my religion...

—Es que Roxana tiene un amante —le explica Juan Diego a la niña nueva.

Se está burlando de ella. De ella y no de mí. Roxana juega con sus piernas en el aire y canta. *Oh no, I've said too much, I haven't said enough...* La niña nueva se asoma por el espacio entre los dos asientos para mirar a Roxana y le sube las cejas. Perfectas, de pura niña buena.

—¿Cómo se llama? —le dice—, tu amante.

Roxana se ríe y canta cada vez más alto. *I thought that I heard you laughing, I thought that I heard you sing, I think I thought I saw you try...*

—No te lo va a decir, el amante es secreto —responde por ella Juan Diego—, ¿cierto que no se lo vas a decir?

—No.

* * *

Losing my Religion se ha terminado cuando la camioneta se detiene. Roxana se incorpora. La niña nueva le planta un beso y se baja. Juan Diego la acompaña hasta la portería, donde un guardia en uniforme abre la puerta. Vive en un conjunto cerrado del sur con casitas de ladrillo pelado y almendros para dar sombra en los lugares de parqueo. Juan Diego le da un beso en la mejilla y luego repite con uno en la boca, corto pero en la boca. ¿Por qué me hacés esto? Se queda mirándola. La ve caminar hacia la oscuridad, volverse y decirle adiós con la blanca manita antes de perderse en la oscuridad. Solo entonces regresa a la camioneta.

—¿No venís para adelante?

Roxana se pasa por el espacio entre los dos asientos y Juan Diego sale en reversa, le sube el volumen a la música y pone primera. Regresa a la Quinta, busca una U, toma el carril hacia el norte y una vez ha alcanzado velocidad y metido el último cambio, cuando al frente no está más que la línea recta y ancha de la Quinta, vacía a estas horas de la madrugada, estira el brazo y se lo pasa a Roxana por la espalda.

Lentamente la atrae hacia él, lentamente le busca la nuca, lentamente se la acaricia y lentamente le va bajando la cabeza hacia su entrepierna. Todo esto sin decir una palabra. Juan Diego se baja la cremallera y se saca la verga que ya se ha puesto dura, y Roxana la coge y se la mete a la boca como si fuera un lollipop de fresa. Chupa, lame, saborea y le da la vuelta con la lengua hasta que la camioneta se detiene de nuevo.

—Decile a tu portero que sos vos —la voz de Juan Diego se ha puesto ronca.

* * *

Roxana y Juan Diego entran en el apartamento y se miran en silencio por un rato que parece eterno pero que objetivamente no dura nada. Entonces Juan Diego le desabrocha los bluyines y mete la mano por debajo de los calzones.

—Estás mojada.

—Sí.

—¿Esto era lo que querías?

Juan Diego está haciendo circulitos con su dedo.

—Sí.

—¿Esto era lo que querías y por eso te quedaste en Ocho?

—Sí —Roxana tiene la voz llena de aire.

Juan Diego saca el dedo y se lo chupa.

—¿Y qué más querías?

Roxana le quita la ropa y se termina de quitar la ropa ella. Lo lleva al sofá. Lo sienta. Juan Diego se ha puesto dócil, a todo se somete. Roxana se le monta encima y se mete en su verga. Se quedan muy quietos y se miran. Pero no se besan. Ellos dos nunca se besan. Él se recuesta en el espaldar y ella echa el cuerpo hacia atrás, cierra los ojos y empieza a moverse despacio.

Piensa en la niña nueva de Juan Diego, piensa en los besos que se dieron, piensa ¿por qué me hacés esto?, piensa en los ojos de Juan Diego en el retrovisor y cuando está empezando a no pensar, cuando estaba a punto de cerrar la mente y dejarlo todo para dedicarse a sentir, nada más a sentir, él se acelera, gime y explota.

Roxana abre los ojos.

Es como si él los hubiera tenido abiertos todo el tiempo.

—No te viniste.

—No.

—Nunca te venís.

—Sí me vengo.

—Pero no conmigo.

—No —dice Roxana—, no con vos.

Y le levanta la verga con un dedo, solo para soltarla y que caiga por su propio peso, floja y encogida, como ya se ha puesto. Él trae a Roxana hacia su pecho. Parece triste. Se acuesta con ella encima a lo largo del sofá y le acaricia la cabeza. Suavemente. Ella se deja hacer y cierra los ojos y se va quedando dormida, así, sobre el pecho desnudo de Juan Diego, que la está acariciando.

Una segunda oportunidad

Volví en la última lancha. Donaldo llevó mi maletín hasta la cabaña, me besó y me puso delante unas copas. Había preparado ceviche de pescado. Siempre que vuelvo de viaje me pregunta si le sigo siendo fiel. Esta vez le dije que no.

Donaldo se rio. Yo no. Entonces se le congeló la expresión y me preguntó si le estaba hablando en serio. Mi expresión lo fue convenciendo y al fin me preguntó quién era el tipo. Le dije que no lo conocía. Me preguntó si también era policía y si lo había conocido en el curso. Le dije que sí. Me preguntó cómo había pasado. Se lo conté todo. A cada rato negaba con la cabeza, parecía desconsolado. Me preguntó si me había enamorado. Cuando le dije que sí se quedó como ido.

Al cabo de un rato me preguntó cómo se llamaba. Le dije que eso no tenía importancia. Entonces me miró, más bien me taladró, y repitió la pregunta en tono autoritario. Le dije que se llamaba Santiago. Me gritó Santiago qué. Le dije que no estábamos en la época de las cavernas y podíamos entendernos sin alzar la voz. Donaldo gritó más fuerte. ¡Santiago qué! Le dije que Santiago era el apellido y caí en cuenta de que ni siquiera sabía su nombre de pila. En la policía nos llamamos por el apellido y nos tratamos de usted.

No me quitaba la mirada de encima, tenía una expresión tétrica que no le conocía. Me dio miedo y me fui alejando de él. Me cortó el paso en la puerta y, cuando intenté escabullirme, me agarró del cuello. Lo miré a los ojos y le dije Donaldo, soltame. Me apretó más. Traté de liberarme con una técnica de defensa personal y no aflojó ni un poco. Donaldo es fuerte y yo, una vergüenza para la policía. Se rio con una expresión horrible. Le dije que esto se podía arreglar hablando. Se rio otra vez y me dijo entonces hablemos. ¿La tiene grande?, exigió. No le respondí. Me estrelló contra la pared y me volvió a preguntar con los dientes apretados si la tenía grande. Le dije que sí. Me tiró al suelo y caí boca arriba. No sé por qué no le mentí, porqué no le dije que la tenía pequeña o seguí ignorando la pregunta aunque no creo que eso hubiera hecho diferencia.

Traté de protegerme, pataleaba, le pegaba. Mis golpes no le hacían nada. Me abrió los pantalones y me los bajó. No tenía caso gritar, no había nadie en cinco kilómetros a la redonda. Le rogaba no me hagás esto, Donaldo. Lloraba, me arrastraba, me retorcía como una culebra para que no me la pudiera meter. No me hagás esto, no me hagás esto. Lo mordí. No vi venir el puñetazo, solo lo recibí.

Cuando me desperté una lancha se estaba alejando y era de día. Me levanté con dificultad y recorrí la cabaña encorvada de dolor. Donaldo no estaba y en su lado del clóset no había nada. Había vaciado mi maletín sobre la cama y se había llevado sus cosas en él. Revisé la caja fuerte. El dinero tampoco estaba. Encendí el computador y me conecté a Internet sin un propósito aparente, ni siquiera pensaba pedir ayuda, para eso habría encendido el radio. Había un mensaje de Santiago y me di cuenta de que eso era lo que había ido a buscar.

¿Cómo llegó?, me preguntaba. Tenía la cara entumecida, un zumbido en el oído, un ojo casi completamente cerrado, y la entrepierna me sangraba. *Bien,* escribí, ¿y usted? Respondió al instante: *Acá, pensando en su boca.* Escribí *Yo estoy pensando en usted, en todo usted*, pero enseguida lo borré sin haberlo enviado. Mientras pensaba qué escribirle llegó otro mensaje. *No le conté nada a mi mujer. Lo que pasó entre nosotros fue importante, Martínez, pero tengo que cuidar mi matrimonio. Estoy seguro de que entiende.*

Quité los ojos de la pantalla y me dediqué a mirar el río. Bajaba tan lento y espeso que parecía como si no se estuviera moviendo. Entonces pensé en Cero. Recordar el jingle corporativo que aparecía cada vez que abría mi correo electrónico me trajo cierto absurdo consuelo. *En Cero encuentras una segunda oportunidad, una segunda oportunidad, una segunda oportunidaaad...* Casi sin darme cuenta me encontré buscando en la web las direcciones de los centros de asistencia. La barra de mi correo electrónico titilaba, había llegado otro mensaje de Santiago.

Martínez, ¿sigue ahí?

Se me encogió el corazón y me desconecté sin haber contestado.

Llegué a la ciudad en la lancha del mediodía. La gente me miraba impresionada, no se ve todos los días a una oficial de la policía golpeada. La dirección quedaba al final de una calle polvorienta y el número correspondía a una tienda de barrio que exhibía gallinas vivas colgadas de las patas. Pensé que me había equivocado al copiar. En las estanterías había aguardiente, hierbas frescas, botellas con un líquido turbio, y un indígena diminuto detrás del mostrador. Le pregunté si sabía dónde quedaba el centro de asistencia de Cero y el hombrecito me mostró el afiche azul que había en la pared. Estaba sucio y descolorido, pero todavía se distinguía el logotipo corporativo de Cero.

El indígena tomó una de las botellas de la estantería y me invitó a pasar al baño. Estaba lleno de trapeadores y era tan pequeño que apenas si cabíamos. Sirvió el líquido turbio en una copa y me la ofreció. Le pregunté si estaba seguro de que ese era el procedimiento que se seguía en Cero. Pareció ofendido, me dijo que si no le creía podía irme y me mostró la puerta. Tomé la copa. El indígena me pidió que me sentara. Lo hice en el inodoro que era el único lugar disponible. Me explicó que debía tomarme el líquido de golpe y pensar muy bien en lo que no quería que se repitiera.

Bebí tal como me dijo pero solo pude pensar en Santiago, en sus ojos, en todo lo que habíamos hecho, en conservarlo intacto así solo fuera en la memoria. Me quedó un sabor amargo y de repente me sentí mareada. Cerré los ojos y vi una explosión increíble de manchas de colores que poco a poco se fueron diluyendo hasta que todo se volvió negro. Creo que me dormí por unos instantes.

Ahora todo está mejor, ¿no?, me dijo el indígena cuando salí del baño. Asentí sin convicción pues me sentía tan mal como al principio. Después de que le pagué me despedí y él me dijo que no olvidara mi maletín. Le dije que yo no había traído ningún maletín. Entonces lo vi. Estaba debajo del afiche de Cero que, lo noté, ya no era azul sino verde.

Volví en la última lancha. Donaldo llevó mi maletín hasta la cabaña, me besó y me puso delante unas copas. Había preparado unos cocteles con maracuyá. Siempre que vuelvo de viaje me pregunta si le sigo siendo fiel. Esta vez le dije que sí.

El estigma de Yosef

A Federico

En una práctica del ejército sufrí un accidente que me dejó estéril. Completa e irreversiblemente estéril, dijeron los médicos, y me dispensaron del servicio militar. Yo me empeñé en terminarlo. Salí, trabajé un tiempo como ayudante de carpintero, y con lo ahorrado me fui de viaje a Suramérica.

En la Patagonia conocí a Miriam. También era israelí y mochilera. Tenía el pelo rojo y las mejillas pobladas por unas pecas deliciosas que me propuse contar. Tras la eterna travesía en bus a Bariloche le di la cifra. Cuatrocientos cincuenta y dos. Miriam se rio y a mí se me aflojaron las piernas. Los hoyuelos que se le formaban a cada lado de la boca tenían ese poder.

Seguimos viajando juntos. Fuimos a Bolivia y cruzamos la selva en tren hacia Brasil. En Río de Janeiro, dos meses después de conocernos, nos casamos de improviso en el delirio de una bacanal en el Cerro del Corcovado ante la famosísima estatua de Dionisio. La ceremonia, oficiada de acuerdo con la religión romana, fue en portugués y no entendimos nada. Estábamos borrachos y enamorados.

En un tour por el río Amazonas, Miriam me preguntó si quería tener hijos. Le dije que sí porque era cierto. *Hubiera querido.* Lo que no le dije fue que no podía tenerlos. Estábamos en la cubierta del barco y en la orilla había una aldea indígena. Los niños jugaban en el agua bajo la mirada vigilante de sus madres, que tejían canastos. Tuve miedo de que Miriam me dejara por lo que yo no podía darle.

Seis meses después estábamos de vuelta en Israel. Alquilamos un apartamento y me empleé como carpintero mientras ella se preparaba para entrar a la universidad. Una noche, al llegar del trabajo, la encontré pálida y temblorosa. La abracé. Le pregunté qué le pasaba. Se regó a hablar de un tal Gabriel. Estaba muy nerviosa y nada de lo que decía tenía sentido. Entre la maraña de incoherencias, creí entender que el tipo se le presentó en la casa, que era hermosísimo como un modelo de Benetton y que tenía alas.

—¿Alas? —pregunté al tiempo que le pasaba un té.

—Sí —dijo riéndose.

—¿Alas como un ángel?

—Estoy dichosa —dijo embriagada como en la bacanal del Corcovado.

Luego de que se tomó el té se quedó dormida. En su aliento no se percibía que hubiera bebido y ella no era de tomar drogas. A la mañana siguiente se despertó tranquila y le atribuyó el incidente al estrés. En los últimos días no hacía más que estudiar. La animé a que descansara y ese fin de semana se fue a las montañas a visitar a su prima Elisheva, que resultó embarazada a los 45.

A su regreso me anunció que ella también estaba esperando.

—No molestes con eso —dije riendo.

Ella se mantuvo seria. Comprendí que no jugaba.

—¿Qué pasa? —preguntó.

Negué con la cabeza y, sin decir más, salí azotando la puerta. Manejé durante horas en una carrera furiosa. Cuando me di cuenta estaba en el desierto. Frené, me bajé del carro y me quedé viendo la oscuridad. Entonces supe que no podría perdonarla. Yo le había mentido, era cierto, pero lo que ella pretendía hacerme a mí, endilgarme el hijo de otro, seguro del tal Gabriel que metió a nuestra casa y la dejó perturbada, era mucho peor que una mentira.

Regresé dispuesto a hacer las maletas. Miriam estaba dormida en el cuarto. Me senté a descansar en el sofá de la sala y no supe en qué momento me dormí.

Yosef, me llamó una voz ubicua, el hijo que Miriam espera fue concebido sin intervención de varón y debes ponerle por nombre Yeshúa. Había una luz brillante que no me dejaba ver nada y de pronto el dueño de la voz se materializó. Era hermosísimo como un modelo de Benetton y tenía alas. ¿Gabriel?, dije, y sin esperar respuesta le mandé un puño a la cara. Al recuperarse del embate me miró con una bondad y una compasión que encontré insultantes. Ella no fue infiel, dijo, no la dejes.

Me desperté. Las palabras del sueño todavía resonaban en mi cabeza. Ahora la preñó un espíritu, pues, me dije. Abrí el portátil. Consulté "Yeshúa" en Google y me llevó a una página de desambiguación de Wikipedia. Era el nombre de varios personajes de la Torah y podía escribirse de distintas formas. Yehoshúa. Josué. Ieshu. Jesús. Los más notables eran el que lideró al pueblo luego de la muerte de Moisés y el sumo sacerdote que reconstruyó el Templo tras el cautiverio de Babilonia. Volví a Google y escribí "concebido sin intervención de varón" en la barra de búsqueda. Salió una página de porno lésbico. Me sentí estúpido y fui a preparar el desayuno.

Percibí los pasos de Miriam, que llegaba a la cocina. Me di la vuelta con la idea de explicarle, ya sin rabia, por qué no podíamos seguir. Lo que me encontré diciendo fue "Perdóname". No es que hubiera terminado por creer en el sueño, es que al ver la multitud de sus pecas y los hoyuelos de sus mejillas, al tenerla frente a mí, quedé desarmado. Aunque hubiera cometido un desliz, quizás ella de verdad pensaba que el hijo era mío. Además, yo me creía un tipo moderno, de ideas progresistas, o por lo menos alguien capaz de entender la debilidad humana. Me sobrepondría a esa infidelidad y aceptaría el bebé como mío.

Hice todo lo contrario.

A cada rato me descubría revisando su celular. Sospechaba de sus salidas, a su regreso buscaba pruebas delatoras y contraté un hacker para que me averiguara la clave de su Gmail. Nunca encontré motivos de reproche, mas, presa de un rencor irracional, le criticaba hasta el color que usaba para pintarse las uñas.

Nuestra relación se fue deteriorando a medida que le crecía la panza. Llegué tarde a la primera ecografía, no me emocioné en la segunda, cuando nos dijeron que el bebé estaba perfecto y nos revelaron el sexo, pegaba la oreja a su vientre a regañadientes y todos mis comentarios sobre el cuarto, que pintamos de azul, eran negativos. Para el séptimo mes no hacíamos más que pelear. Me decía que yo era frío y amargado y una vez me gritó "Mal padre". Yo trataba de mejorar, pero apenas empezaba a querer a la criatura la cabeza se me llenaba de ideas.

Así nos cogió el 24 de diciembre, día del censo, en el que nos correspondía estar en Belén. Las carreteras eran un caos. Por fin salimos de Hevron y tomamos Manger. Miriam sugirió que nos alojáramos en un hotel periférico, argumentando que los del centro debían estar llenos. Solo por llevarle la contraria seguí avanzando. Unos niños palestinos rodearon el carro y me indicaron que parqueara. Continuamos a pie.

El centro bullía. Los almacenes estaban abiertos y los vendedores ambulantes nos acosaban con estatuillas de Adonis, estampas del Sumo Sacerdote, medallas de doble faz con Afrodita y Perséfone, libros sibilinos y semillas de lechuga y trigo. Una procesión de sacerdotisas y vírgenes vestales que se dirigía al templo romano nos cortaba el paso. Había turistas tomando fotos, fieles congregados para la fiesta del renacimiento de

Adonis, judíos llegados como nosotros para el censo y soldados con metralletas en los tejados.

Recorrimos las calles aledañas a la plaza buscando un hotel. Había muchos, pero ni una sola habitación libre.

—Te lo dije —me echó en cara.

Con eso se desató la pelea que venía gestándose desde nuestra entrada a Belén. Ella resoplaba, supuse que de la ira y el cansancio, no se me ocurrió que pudiera ser por su estado. Hasta que bajé la mirada y vi su entrepierna mojada. Acababa de romper fuente. Se me fueron los colores y quedé confundido, sin saber qué hacer.

—¡Ayuda! —gritó ella angustiada.

Las sacerdotisas y vírgenes vestales que hacían su entrada al templo de Adonis se volvieron a mirarla. La rodearon. Una de las vírgenes se sacó el velo y cubrió a Miriam con él. Se la llevaron hacia el templo. Cuando reaccioné ya estaban entrando. Corrí para alcanzarlas y me cerraron la puerta en la cara.

—Miriam —grité golpeando la puerta—, Miriam, Miriam.

Un grupo de curiosos se agolpó alrededor.

—Es una virgen —dijo alguien.

—¿La parturienta? —le preguntaron con sorna.

—Sí —dijo otra persona—, llevaba velo.

Una risa demente quebró los murmullos. Era la sibila en los jardines del techo del templo. Viejísima y con los ojos muertos. Parecía una momia.

—Una virgen —repitió ella a las carcajadas y puso en mí sus ojos blancos.

Sentí que me atravesaba y me estremecí.

Pasó una eternidad antes que de que me dejaran ver a Miriam. Estaba en una cueva detrás del altar, recostada sobre un pajonal, con el niño en brazos.

—Yosef —empezó a decir como si quisiera explicarse.

Le hice una seña para que no siguiera. El bebé tenía sus hoyuelos y sus pecas, y a mí se me aflojaron las piernas.

—Ya nada importa —dije.

Hasta el infinito

Supe que de verdad había muerto porque sobreviví a un accidente de avión.

Antes de eso pude morir en otras ocasiones, pues tuve, en este orden, malaria, un marido maltratador, un aborto retenido, un infarto, una cesárea de emergencia y una apendicitis de cinco días que por poco se convierte en peritonitis. En cada oportunidad pensé que seguro en un mundo paralelo no sobreviví y existía una yo muerta de malaria, una yo muerta por la violencia del marido, el aborto retenido, el infarto, el parto fallido, la apendicitis convertida en peritonitis, y que la yo viva era eterna, inmortal, ya que la existencia era una serie de ramificaciones en la que una vez que un yo moría otro yo continuaba vivo y así hasta el infinito.

Entonces ocurrió el accidente de avión.

Era de noche. El avión despegó en medio de las montañas, se elevó y, cuando parecía que todo iba bien, cuando los tripulantes se levantaron de sus asientos y los pasajeros nos relajamos, justo en ese momento de alivio en que suelo asomarme por la ventana para contemplar el paisaje, el avión se remeció.

Afuera estaba oscuro y no se veía nada, ni lucecitas en la tierra ni colores opacos como los de un negativo fotográfico en el cielo. El avión rugía, se sacudía, los pasajeros gritaban, yo estaba paralizada por el miedo, las maletas caían de los compartimientos superiores, una de ellas golpeó en la cabeza a una tripulante, y ya no sé qué más pasó.

Lo siguiente son imágenes confusas.

Yo en el suelo, al aire libre, como si me hubiera tirado a ver las estrellas, y, en el cuerpo, una sensación de anestesia. Yo en una ambulancia. Yo en una unidad de cuidados intensivos. Yo en un quirófano y en otro quirófano y en otro y, entre los quirófanos, noches horribles en la unidad de cuidados intensivos, un lugar frío e impersonal lo mismo que una oficina de catastro.

En esos momentos siempre estaba bocarriba y embotada, y en una ocasión creí ver a mi pequeño hijo y a mi marido, pero tenía tanto dolor que lo único que puedo recordar con certeza es ese dolor, impreciso y total, una mortaja que me aprisionaba.

Aquel estado duró un tiempo indefinido que pudo ser de semanas o meses y una mañana, de golpe, sin una transición aparente, sin saber cómo ni quién me puso allí, abrí los ojos en un cuarto corriente del hospital.

El sol entraba por la ventana, que era grande y siempre tenía las cortinas abiertas. Ya no venían enfermeras a toda hora ni me rodeaban cuadrillas de médicos. Ya nada me molestaba ni me dolía. Empecé a levantarme de la cama y a caminar arrastrando el perchero metálico de ruedas con la bolsa del suero fisiológico. Primero fueron solo pasitos por el cuarto. Luego paseos por el corredor de mi piso, que era largo, con cuartos iguales a cada lado y gente pálida o vieja que necesitaba ayuda para levantarse de la cama, demasiado preocupada por ella misma para fijarse en mí.

Una tarde, después de días o semanas, otro lapso de tiempo que no supe determinar, fue a verme una psicóloga joven, sonriente y con hoyitos en las mejillas, una mujer dulce de esas que animan el lugar al que llegan, y tuve la impresión de que se veía más relumbrante que las demás personas.

Se sentó en el sillón junto a mi cama y después del saludo preguntó ¿por qué cree que nadie ha venido a visitarla? con una voz suave que contrastaba con el horror de lo que insinuaba, ni siquiera su esposo y su hijo, ellos no iban en el avión, ¿cierto que no? No, ellos no iban en el avión y si no han venido, pensé responder, es porque están en Bogotá y como el niño solo tiene tres años no lo dejarían entrar al hospital, pero mejor no lo dije porque lo cierto era que luego de que creí verlos en la unidad de cuidados intensivos, un tiempo que en el presente se me antojaba lejano e irreal, ni siquiera me habían llamado por teléfono.

No, ellos no iban en el avión, dije, y no sé por qué no han venido a verme. ¿Cuánto tiempo ha pasado desde el accidente?, preguntó. No sé, ¿semanas? Ella se quedó viéndome. ¿Meses? Tampoco dijo nada. ¿Años? Sonrió con condescendencia. ¿Qué pasa?, dije. Eso le pregunto yo a usted, ¿qué pasa? No entiendo su pregunta. ¿Por qué no sabe cuánto tiempo ha pasado? En la recuperación los tiempos son confusos, dije. ¿Ahora cómo se siente? De maravilla. ¿Y cómo es que no la han dado de alta? ¿No debería hacerles esa pregunta más bien a los médicos? ¿Los médicos que nunca vienen a verla?, dijo y siguió hablando, ya no haciendo preguntas sino soltando afirmaciones, una perorata larga que parecía sentida, y yo hice lo mismo que de niña cuando no quería oír lo que me decían y me tapaba y destapaba los oídos con las manos mientras decía fuerte aaaaaaa, solo que ahora no lo decía hacia afuera sino en mi cabeza y no me tapaba los oídos con las manos ni nada.

La psicóloga debió ver algo en mi expresión porque se interrumpió y se levantó. ¿Se terminó la visita? Ella asintió: Ya volveremos a hablar cuando esté más dispuesta.

¿Por qué no me han dado de alta? La médica de uniforme verde que estaba en el escritorio metiendo datos en el computador me ignoró. Era joven como la psicóloga, pero antipática, y comparada con ella se veía gris y desleída. Alcé la voz: Pregunto que por qué no me han dado de alta. Agarró una tabla de clip, se levantó y, sin mirarme, pasó por mi lado. ¿Por qué nunca nadie viene a verme? Se alejó.

Es una hijueputa, le dije a la enfermera jefe, igual de gris y desleída, aunque elegante con su cofia y uniforme inmaculados, y ella, que marcaba un número en el conmutador, también me ignoró.

A continuación me ignoró la enfermera del tensiómetro de carrito que entraba a todos los cuartos menos al mío. ¿Por qué no me hablan?, dije y ella, gris y desleída, se metió detrás de la oreja los pelitos de las patillas. ¿Por qué no entra a mi cuarto?, y siguió avanzando.

Volví a mi cuarto. Me senté en la cama. Al cabo de unos minutos u horas, quién sabe, después de que apagaron las luces y el piso quedó en silencio, me arranqué el catéter. No sentí dolor ni me salió sangre. Me levanté y caminé a la ventana.

La ventana, como ya dije, era grande, pero solo podía abrirse un rectángulo estrecho de la esquina. Traté de mover la manija. Fue inútil. Estaba fija. Afuera las luces amarillas de la ciudad se dispersaban por una oscuridad infinita. Mi piso era alto y abajo en la calle del hospital no había carros, gente ni árboles, nada más el andén iluminado por un poste de luz defectuoso y estridente como una chicharra.

Recosté la frente en el vidrio. Por el ventanuco, de estar abierto, habría cabido si acaso mi hijo de tres años, seguro nada de mayor tamaño. Mas mi cabeza, la cabeza de una mujer adulta, logró no solo caber sino traspasar el vidrio, que permaneció intacto. Mi cuerpo adentro y la cabeza afuera. Había deseado asomarme y, así no más, estaba asomada. Tras superar el asombro caí en la cuenta de que no sentía el aire fresco del exterior sobre la cara ni tampoco el olor de la ciudad.

Hice pasar mis hombros a través del vidrio y luego las piernas. Una vez estuve toda afuera me acurruqué en la cornisa y me quedé un rato, que pudieron ser horas o minutos, en el borde como un pájaro. Cerré los ojos y me lancé.

Caí durante unos segundos o tal vez unas décimas o milésimas de segundo. La caída se me hizo real y me estrellé de frente, la cara contra el pavimento, solo que sin golpearme, pues el pavimento era gelatinoso, una masa compacta y sin embargo blanda, que me tragó. No podía respirar y cuando creí que ya me iba a ahogar fue obvio que el aire no me hacía falta. Me relajé. Abrí los ojos. No se veía nada y los volví a cerrar.

Estuve así un tiempo que pudieron ser semanas o meses. No sentía nada en mi cuerpo y no pensaba demasiado. A veces se me ocurría que era posible que hubiera muerto antes del accidente de avión, por causa de la malaria, el marido maltratador o cualquiera de las otras circunstancias. Parte de mi vida, por tanto, habría sido una mentira, la mentira de creerme viva, y quizás nunca tuve un segundo marido, una pérdida, un infarto ni un hijo, mi niño de tres años que me ponía su manita en la cara y mirándome me decía mamá, yo te amo hasta el infinito, parafraseando a su personaje favorito de las películas, y más más más allá.

Era un pensamiento atroz y me entró urgencia por salir de ese lugar para buscar a mi hijo y saber si existía, si tras el maltrato de mi primer marido me recompuse, conocí a mi segundo marido y llegué a tener por una vez en la vida una relación de pareja que parecía sana y sentir por mi hijo un amor animal, si es que de verdad existí.

Por primera vez desde que entré a ese lugar intenté moverme. No fue difícil, solo un poco cansado, como si estuviera en otro planeta, con otra gravedad, y los músculos, que ya no sentía, todo era una simulación, pesaran más. Conseguí estirar el brazo y tanteé con la mano. Apenas creí que sacaba la punta de un dedo, el pavimento gelatinoso me escupió y me encontré sobre otro pavimento que daba la impresión de ser sólido.

Abrí los ojos y me levanté en una ciudad idéntica a Bogotá. Estaba en un parque con juegos para niños, máquinas para gimnasia pintadas de rojo y amarillo y canecas plateadas rebosantes de basura. Al fondo, los cerros. Alrededor, arquitectura desigual. Edificios de ladrillo, modernos y antiguos, casas viejas con techos empinados, una panadería. Era de noche y no había carros andando ni gente.

Me dediqué a caminar. No me cansaba. Caminaba y caminaba y pese a mis intentos no podía dar con la casa donde viví con mi segundo marido, un edificio de apartamentos con ventanas grandes y pisos de madera. Iba por una calle que creía conocer y al llegar a la esquina el cruce no era el que correspondía.

En cambio, en la esquina de otro parque, uno similar a aquel donde jugaba mi hijo, encontré a Hache. Esto me sorprendió. Primero porque Hache vivía en Nueva York, a las afueras, en un suburbio de casas con antejardines. Segundo porque desde el accidente no había tenido para él ni un solo pensamiento, lo que era insólito. Hache y yo pasamos juntos la noche anterior al accidente de avión y era imposible, entendí ahora, que no hubiera quedado obsesionada con él como en el pasado, cuando lloraba en la ducha porque ya no podía verlo más.

Estaba calvo, demacrado y cincuentón. También gris y desleído. Me pregunté si desde que salté por la ventana del hospital había pasado más tiempo del que me figuraba, si en realidad estuve en el pavimento gelatinoso durante años, tres o cinco, o si llevaba diez caminando.

Lo seguí y me metí con él a su casa. La fachada del edificio no se parecía en nada a la del edificio donde viví con mi segundo marido y mi hijo, pero por dentro el apartamento era igual, con ventanas grandes, pisos de madera y la misma distribución. Lo único distinto era el decorado. Hache y la mujer con la que vivía tenían un gusto exquisito.

Mi marido y yo, en cambio, preferíamos los muebles rústicos.

Me dediqué a observar a Hache. Sus ojos cuando se quitaba las gafas, las marcas que le quedaban en el puente de la nariz, el ritmo de su respiración, la velocidad con la que le crecía la barba, sus movimientos por la casa. Después me concentré en la casa. La posición de la luz que entraba por las ventanas, la densidad de las sombras que la cubrían, el polvo que se acumulaba en las superficies hasta que la empleada lo limpiaba.

Miraba por la ventana que daba a la calle durante lo que para mí eran minutos, y al darme la vuelta hacia la sala comprendía que en realidad habían pasado días. Una planta estaba florecida, la alacena rebosaba de alimentos recién comprados y Hache tenía gafas nuevas.

Un día, de súbito, noté que él y todas las demás personas, grises y desleídas, andaban en camisa de manga corta, fuera de día o de noche, la empleada, los vecinos, la gente que transitaba por el andén. Yo no tenía la sensación del clima, pero estaba claro que en esa ciudad hacía calor o por lo menos no hacía frío. Así que era posible que no fuera Bogotá o, si era Bogotá, que fuera una

Bogotá calurosa, conjeturé, como consecuencia del calentamiento global.

En ese caso yo llevaría muerta mucho más tiempo del que suponía y habría estado en el pavimento gelatinoso cincuenta años o mil, y Hache también estaría muerto, un muerto que se pensaba vivo y creía que la vida era una sucesión infinita de bifurcaciones en la que cada vez que un yo moría otro quedaba vivo, y así por toda la eternidad. Pobre Hache, le susurré al oído y él se rascó como si hubiera sentido el aire de mis palabras, aunque pudo ser que le dio piquiña.

Su mujer no existía para mí. Si nos cruzábamos en el pasillo le hacía el quite. De su ropa en el clóset me decía que era mía porque era yo y no ella la que vivía con Hache en aquel apartamento tan similar al mío. Cuando él le hablaba me ponía en frente para que pareciera que estaba hablando conmigo. En la cama me hacía entre ellos, me pegaba a él y todas las noches sentía, o creía que sentía o simulaba que sentía, el calor de su cuerpo que tal vez estaba falsamente vivo.

De nuevo, como en los tiempos en que lloraba en la ducha, andaba obsesionada, y tanto ignoraba a su mujer que nunca llegué a detallarla, ni siquiera a mirarla de frente, y no podía decir de qué color tenía los ojos ni la habría reconocido si me la encontraba por la calle.

Ella salía todas las mañanas, no volvía hasta la noche y cada dos semanas se llevaba una maleta y se quedaba en otro lado. La empleada solo venía un día a la semana. Así que Hache y yo estábamos solos la mayor parte del tiempo.

Él se la pasaba trabajando, sin interactuar con nadie, como un eremita. Yo me ubicaba a su lado, en el escritorio, o me ponía detrás, sobre su hombro. Intentaba leer lo que escribía. No era fácil. En algunos párrafos parecía un ensayo y en otros una novela. Había episodios inconexos y frases oscuras, contradictorias o que decían lo mismo de diversas maneras. Era un galimatías.

Avanzaba muy lento, apenas unas oraciones o un par de párrafos por jornada, y eso si avanzaba. Muchas veces se devolvía y, como quien desbarata un tejido, borraba lo escrito en la jornada anterior. Otras, cambiaba una palabra por su sinónimo, una frase por una equivalente o una coma por un punto. Yo me aburría y me echaba en el sofá hasta que él apagaba la laptop y nos bañábamos.

Casi nunca tenía sexo con su mujer, pero sí que se masturbaba, conmigo, en la ducha. En esos momentos yo ponía mis labios sobre su piel y hacía como que podía sorber las goticas de agua o lo abrazaba por detrás y le decía cosas bonitas, te quiero, Hache, me gustan tus dientes pequeños, tu olor, que ya no podía percibir y recordaba seco como el de la tiza.

Un día volvió el pensamiento espantoso. Ya nunca iba a encontrar a mi hijo ni a mi marido, Hache era lo único que me quedaba, y el pensamiento espantoso decía que quizás jamás existí en su vida, que morí en manos del marido maltratador o en algún momento previo y nunca llegué a conocer a Hache ni a tener esa cosa fugaz que tuvimos en un hotel de tierra caliente, unos meses antes de yo conocer a mi segundo marido, sufrir una pérdida, un infarto y que naciera mi hijo.

En aquella época estaba recién separada, me creía vieja y fea, una mujer acabada a quien nunca nadie más querría, y Hache llegó para hacerme sentir otra vez deseada. Pero era posible que eso no hubiera ocurrido, me decía el pensamiento espantoso, ni tampoco nos habíamos reencontrado, Hache y yo, luego de años de no vernos, justo la noche anterior al accidente de avión, en otro hotel de tierra caliente, donde con verlo de pie frente a mí, más calvo y viejo, aunque no tanto como ahora, supe que iba a serle infiel a mi marido y quedar de nuevo obsesionada.

Era de mañana. Hache se estaba despertando con una carraspera en la garganta y no fue sino terminar de formular el pensamiento espantoso para que él se parara de la cama y fuera directo a la cocina a tragarse un diente de ajo.

Hache, me acerqué por detrás, la noche antes del accidente, en la cama, me recomendaste que tomara un ajo en ayunas, ¿te acordás?, me dijiste que así me mejoraría de la carraspera, y a la mañana siguiente, en el desayuno, te aseguraste de que me lo tomara, decime que te acordás.

Creí que levantaría la mano para rascarse la oreja porque había sentido el aire de mis palabras. No hizo nada, ni un ademán. Se quedó quieto durante un instante, mirando un punto indeterminado en la pared, y enseguida, como todos los días, fue a su escritorio y se puso a escribir.

Yo, aburrida, me eché en el sofá y no me di cuenta sino hasta mucho después de que él no había abierto el documento del galimatías sino que trabajaba en uno nuevo. Me levanté y me acerqué. Por primera vez en años o semanas, quién sabe cuánto tiempo llevaba en ese apartamento, escribía con sentido y claridad y era una historia bella y horrible sobre un hombre a quien de pequeño su madre abandonaba y en el tiempo de la narración, ya viejo, de más de ochenta años, adoptaba una gata callejera enferma a la que le quedaba poco tiempo de vida.

La releímos juntos y, satisfecho, cerró la laptop.

Al instante la puerta se abrió y entró la mujer con las llaves en la mano y la cartera al hombro. La silla de Hache era de ruedas y él se dio la vuelta hacia la puerta. La mujer no saludó ni dijo nada. Dejó sus cosas sobre el comedor y caminó hacia él. Bajé la cabeza para no verle la cara. La mujer se le plantó en frente y Hache, que seguía sentado y tampoco decía nada, le desató los pantalones.

Hicieron el amor en la silla, sin desvestirse del todo, ella encima y él con los ojos cerrados. Yo, mientras él respiraba fuerte y gemía, mientras se movía, le decía al oído es conmigo que lo estás haciendo, Hache, es conmigo. Luego me alejaba y gritaba aaaaaaaaaaa tapándome una y otra vez los oídos como hacía de niña cuando no quería escuchar lo que pasaba afuera.

No supe cuánto tiempo estuvimos así. No supe cuánto duró ese polvo. Pudo ser más largo que el tiempo transcurrido desde el accidente, en la unidad de cuidados intensivos, el cuarto del hospital, la caída desde la ventana, el pavimento gelatinoso, la caminata por la ciudad o la estancia en ese apartamento. Pudo ser el resto de esa vida, la eternidad.

NOTA

Caperucita se comió al lobo fue publicado por primera vez en el año 2012 por la editorial chilena Cuneta, en un volumen que incluía los cuentos "Olor", "El hueco", "Violación", "Caperucita se come al lobo", "Amiguísimos" y "Una segunda oportunidad". La presente es una edición revisada e incluye dos cuentos más: "El estigma de Yosef" y "Hasta el infinito".

megustaleer

Esperamos que hayas disfrutado de la lectura de este libro y nos gustaría poder sugerirte nuevas lecturas de nuestro catálogo.

Si quieres formar parte de nuestra comunidad, regístrate en **www.megustaleer.club** y recibirás recomendaciones de lecturas personalizadas.

Te esperamos.